ÉPÎTRE

*A M. L'ABBÉ L***.*

C. D. S. E. D. L. A.

Bacchanalia vivunt.
Juven. Sat. 2.

A AVIGNON.

M. DCC. LIX.

EPÎTRE
A M. L'ABBÉ L***.
CURÉ DE S. E. D. L. A.
EN *NORMANDIE.*

CHER Abbé, quelle humeur ſauvage
Te fait, loin de nos beaux eſprits,
Préférer un méchant Village,
Au brillant ſéjour de Paris?
Trois ans d'abſence en un pays,
Où tout eſt bois ou marécage,
Sous le chaume pour tous lambris,
Oh! cela paſſe badinage.
Quoi! ce favori d'Apollon,
Au lieu des Graces & des Muſes,
Qu'il hantoit au ſacré vallon,
Lorgne du haut de ſon dongeon,
Les faces biſes & camuſes
Des Dryades de ſon canton;

Et transfuge de l'Hélicon,
Renonce au docte violon,
Pour emboucher les cornemuses!
Quoi ! cet émule de Peteau;
Quoi! cet Oracle de l'Histoire
Quitte le Temple de Mémoire,
Pour la Chapelle d'un hameau!
Du moins si ta case champêtre
Voyoit éclore du raisin;
Mais du cidre & jamais de vin;
Quelle retraite pour un Prêtre!
Mieux vaudroit être Capucin.
Ne crains-tu point que ta franchise,
Ne se rouille dans un climat,
Qui du Sophisme & du débat,
Est comme la terre promise?
Où maints escrocs en long rabat,
Regardent tout de bonne prise,
Où tout Manan est Avocat,
Où tout témoigne & verbalise?
Envain tu te plains qu'à Paris,
Les talens sont sans récompense;
Ne sçais-tu pas que la Science,
Défend à ses enfans chéris,
De déroger dans l'abondance,
Et les brouille avec la finance,

Pour les garantir du mépris,
Dont Plutus couvre l'ignorance?
Pourquoi ces plaintes & ces cris?
Eh! n'en vois-tu pas l'indécence?
C'eſt le refrain de ces eſprits,
Yvres d'orgueil & d'eſpérance,
Qui ſur la foi de leurs écrits,
S'eſtiment gens de conſéquence,
Et n'ont jamais connu le prix
De la noble & fiere indigence.
Pour excuſer ta réſidence,
C'eſt un aſſez mauvais détour;
Mais ſi tu prétendois un jour
Tâter un peu de l'opulence,
Paris n'eſt-il pas le ſéjour,
Des intriguans par excellence?
Et ce grand art de parvenir,
Qui ſçauroit mieux le définir,
Qui connoît mieux ſes priviléges,
Qu'un tas de petit Chapelains
Si déliés, ſi patelins,
Et ſi ſouples dans leurs manéges?
Qui ſçut jamais plus finement
Ourdir la trame des affaires,
S'en aſſurer l'événement,
Et dérouter ſes Adverſaires?

De tout Dédale ils ont le fil ;
Leur esprit fécond & subtil
Ne tarit point sur les ressources ;
Ils s'ouvrent les cœurs & les bourses,
Les bureaux & les cabinets ;
Rien ne rebute ces furets ;
Ils puisent dans toutes les sources,
Et fouillent dans tous les secrets.
Faut-il arranger un ménage,
Ou mitonner un héritage ;
Ou rajeunir un vieux procès,
Ou trafiquer un mariage,
Reposez-vous sur leur message,
Et soyez certain du succès.
Mais ils ont bien d'autres finesses,
Pour s'engraisser honnêtement,
Ou s'applanir habilement
La route qui méne aux richesses.
N'as-tu pas vû de ces Caffards,
Fiers détracteurs de saint Ignace,
Qui des Jansénistes blaffards,
Affectent l'austere grimace ?
Qui tout confits de charité,
Vont chez les riches Appellantes,
Peindre les miseres pressantes,
Du saint troupeau persécuté.

Si vous les tâtez ſur l'hiſtoire
De la Bulle *Unigenitus*,
C'eſt de l'algébre ou du grimoire,
Les bonnes gens reſtent perclus :
Même on en voit qui, par mépriſe,
Drapent Queſnel pour Molina :
Paſſez leur cette balourdiſe ;
Après tout qu'importe cela ?
Ce ſont les vengeurs de l'Egliſe ;
Ils frondent Rome & Loyola.

Mais laiſſons cette engeance-là ;
Parlons de certains Chryſoſtômes :
Quel ſublime en comparaiſon
De la fadeur & du jargon
Des Auguſtins & des Jérômes !
Tu croyois que la vérité,
S'en tient à la ſimplicité
D'une morale ſaine & pure :
Ces lieux communs de l'Ecriture,
D'un Pédant ſans aménité,
Sont l'ordinaire tablature ;
Et les galans Prédicateurs
Laiſſent aux froids Déclamateurs,
Cette inſipide enluminure.
Tu ſerois enchanté de voir,

Combien ils montrent de sçavoir,
Et de goût dans leur Ministère !
Combien, au fort de l'action,
Ils sont aimables dans la chaire !
Quel coloris de diction,
Quelle grace fine & légére
Enjolive leur onction !
Leur bouche s'ouvre, & l'ambrosie
Coule à grands flots dans leur discours:
Que d'ornemens & que d'atours!
Que de douceur & d'harmonie !
On les prendroit pour des Amours,
Qui soupirent une homélie.

Mais que dire de l'énergie
De ces Apôtres du plaisir,
Qui débarassent le désir,
Du frein gênant de l'autre vie?
Qui dans un nocturne banquet,
Signalant leur intempérance,
Sifflent Arnaud & Bossuet,
Protégent la concupiscence,
Et dans une même balance,
Pésent Moyse & Mahomet?
Que dire encore des gentillesses
De ces Pédagogues brillans,

Qui chez nos petites Maîtresses,
Si damerets, si pétillans,
Les inondent de vers galans,
Ou leur commentent les finesses
De la *Pucelle d'Orléans*?
De ces Aumôniers de toilette,
Que l'on consulte sur l'aigrette;
Sur le ruban, sur le pompon,
Sur l'élégance du chignon,
Sur les graces de la manchette;
Et sur l'effet du vermillon?
C'est-là que, sous d'heureux auspices,
Ils font preuves de leurs talens,
De leurs droits sur les bénéfices,
Et sur de bons postes vacans.
Soudain les trompettes femelles,
Les préconisent en tous lieux;
Leur mérite prodigieux,
S'envôle du fond des ruelles,
Et retentit jusques aux Cieux.
Or quand je vois leur industrie,
Pour hâter leur avancement,
Je te plains bien assûrément,
De ta sotte Philosophie,
Ou de ton fol entêtement,
Pauvre Curé de Normandie.

Des Villages & des hameaux,
A ta morale évangélique,
Les filles volent par troupeaux,
Ici coiffé de Madrigaux,
Un joli Prêtre leur explique
Le cathéchisme de Paphos.

Mais qu'atends-tu de tes travaux,
De ta ferveur & de ton zéle?
Sans doute la vie éternelle,
Et le salut de tes rustauds.
Oui, mais sans la persévérance,
Que sert la vigne du Seigneur?
Il te faut bien de la constance,
Pour y bêcher avec ardeur;
Et si tu venois par malheur,
Un jour à perdre patience,
Adieu le fruit de ton labeur.
Puis un Pasteur aller au Diable,
Sans tournebroche, sans célier,
Et sans Gouvetnante passable,
Le cas seroit trop singulier,
Et ton destin bien déplorable.

Car pour ces étranges Curés,
Ennemis de la bonne-chère,
Toujours regimbans ou cabrés

Contre l'aiguillon de Cythére ;
Qui prêchent d'un ton vigoureux
Méprisent le vain étalage,
Qui dispensent leur héritage
Aux orphélins nécessiteux ;
Qui, pour chercher les malheureux,
Grimpent jusqu'au cinquiéme étage,
Et du ravisseur ténebreux,
Guétent le piége dangereux,
Pour l'écarter du pâturage ;
Ce sont de farouches esprits,
Dont l'exemple est insoutenable,
Ils n'eurent jamais de Cloris,
Et ne sont qu'un quart d'heure à table.
Toujours prêcher, catéchiser,
Lire, prier, moraliser,
Gémir, jeûner, être en extase,
Aux pauvres donner tous ses biens,
Trancher du Brun, de l'Athanase,
Ou du Pontife d'Amiens,
C'est un abus, un ridicule,
Qui révolte le prestolet,
C'est enfin prêter au sifflet,
Dans ce beau siécle peu crédule.
Le peuple imbécille & falot
Les bénit & les canonise,

Mais le bon ſens s'en autoriſe,
A renvoyer leur zéle got,
Aux premiers ſiécles de l'Egliſe.
Je ne t'ai jamais ſoupçonné,
De vivre en tout à leur maniere,
Tu broncherois, infortuné,
Dans une ſi rude carriere.
Mais quel biſarre enchantement
Te déracine de Verſailles,
Jadis ton unique élément,
Pour t'enfouir ſtérilement,
En un déſert & des broſſailles ?
Voudrois-tu faire le pendant,
Du Myſantrope de notre âge,
De ce Timon dur & ſauvage,
Qui, d'un Cynique indépendant,
Tient la conduite & le langage,
Qui ſe croit heureux & content,
Plantant des choux dans un village,
Qui ſemble de ſon hermitage,
Implorer le bras de Jupin,
Pour écraſer le genre humain ?
Mais d'un Philoſophe & d'un Sage,
N'en déplaiſe à ſon Calepin,
Il outre un peu le perſonnage.

On

On ne peut vivre ſans beſoin,
Sans plaiſir, & ſans Compagnie
Et le Sage qui va trop loin,
Rencontre bientôt la folie.
Malgré les Tableaux odieux
De notre Cenſeur bilieux,
Tout Paris n'eſt pas exécrable,
Ingrat, parjure, abominable,
Cocu, filou, fourbe, uſurier,
Sardanapale ou Financier.
Et quelle eſpece ſinguliere,
Trouver en ce vaſte univers,
Qui n'ait ſa tare familiere,
Et ſa marotte, & ſes travers ?
Le tems, ſous les débris de Rome,
Perdit le moule de Caton :
Rien n'eſt parfait ; le moins fripon
Fut toujours le plus honnête homme.
Que J..... J.... dans ſes diſcours,
Toujours cenſure, ou ſe déchaîne,
Qu'il vive iſolé comme un ours,
Et s'obſtine à ſuivre le cours
D'une morale ſi hautaine,
Un tel ſage ſera toujours,
Non le Socrate de nos jours,
Mais le Singe de Diogène.

Crains d'être célebre à ce prix,
Et chez nos Sages de Paris,
Cherche une gloire plus certaine.
Pourquoi te consumer ainsi
Dans tes veilles apostoliques,
Et pour des ouailles rustiques,
Sécher de zéle & de souci?
Que ne viens-tu sur ce rivage,
Pour y couler nonchalamment
Des jours heureux & sans nuage,
Pleins de loisir & d'agrément?
Libre des soins d'un Presbitere
Philinte brille en plus d'un lieu,
Sans le secours de Saint Matthieu,
Ni les Légendes du Saint Père:
Il rime bien, mais prêche peu,
Il chante, & ne s'amuse guère
A gagner des ames à Dieu,
Si ce n'est au Dieu de Cythère.
Je pourrois encor te nommer
D'autres modèles tout semblables,
Gens indévots, mais agréables;
Pourquoi ne s'y pas conformer?
Quelle charmante cotterie
Pour un sçavant des plus vantés,
Que ces petits Seigneurs crottés,

Fiers Gentilshommes de Neuſtrie,
Dont l'Atticiſme ſingulier
Ne roule que ſur l'arpentage,
Sur le fief & le patronage,
Sur la grange & le poulaillier!
Reviens, crois-moi, dans cette ville,
Et laiſſe-là tes campagnards;
Reviens à la ſource fertile
De la Science & des Beaux Arts.
Tu verras la Secte éminente
Des Polymathes ſourcilleux,
Primer ſur la foule ſçavante,
Comme des Cédres orgueilleux,
Sur la mouſſe ignoble & rampante.
Tu les verras briſer nos fers,
Lâcher la bride à la nature,
Rendre le calme aux cœurs pervers,
Bâtir ſur le plan d'Epicure,
Régler tout à tort à travers,
Et venger enfin l'Univers
De dix-huit ſiécles d'impoſture.
Tu les verras dans leurs écrits,
Berner les crédules eſprits,
Aux bonnes mœurs livrer bataille,
Faire ici bas leur Paradis,
Et laiſſer l'autre à la canaille.

Et c'eſt beaucoup s'ils ne vont pas
Eſcalader l'Olympe même,
Et comme Encélade & Mimas,
Bravant la foudre & le trépas,
Anéantir l'Etre ſuprême.
Reviens donc ſans plus différer ;
Reviens leur diſputer la gloire
De bien écrire ou de bien boire,
Les combattre, ou les admirer.
Du moins le vin, la bonne chère,
Dont tu fus ſevré ſi longtems,
Sont le reméde néceſſaire,
D'une abſtinence de trois ans.
Car je crains fort que le breuvage,
Trop uſité dans ton canton,
N'ait flétri ton double menton,
Et les roſes de ton viſage :
Et ſi tu tardes davantages
Tu ne ſeras plus à la fin,
Au lieu d'un Chanoine poupin,
Qu'un très-lugubre perſonnage,
Que l'on prendra pour un lutin,
Echappé du ſombre rivage.
Fuis donc ce breuvage aſſaſſin,
Qui doit glacer ton œſophage,
Et pourroit même un beau matin,

Te faire en bref plier bagage,
Pour le Royaume souterrain :
Et moi contrit de ton destin,
J'instruirois la race future
De ton tort, & de mon chagrin,
En gravant sur ta sépulture :

Cy gît un célébre Ecrivain,
Plus docte, mais un peu plus vain,
Que Thucidide ou Diodore :
S'il eût voulu boire du vin,
Il en eut bû longtems encore.

ORGIE.

QUE d'autres chantent Jaſon,
Ou le Vainqueur d'Erymante,
Le vol de Bellerophon,
Ou la courſe d'Atalante :
Amis, chantons les vertus,
Et les bienfaits de Bacchus.

✿

Cérès fit croître le blé,
Inventa le labourage,
Mais le fils de Sémélé,
Nous enrichit davantage.
Amis, &c.

✿

Tous les Dieux ont des Autels ;
Mais Bacchus a plus de gloire :
Le plus utile aux Mortels,
Eſt celui qui les fait boire.
Amis, &c.

✿

Jadis des Peuples épars,
Il forma les Républiques ;

Il fit éclore les arts,
Et les vertus héroïques.
Amis, &c.

Par ſon breuvage fecond,
Tout ſe régle & ſe décide;
Le Politique eſt profond,
Le Guerrier eſt intrépide.
Amis, &c.

C'eſt lui qui, des ſoins divers,
Sçait diſſiper le nuage:
C'eſt lui qui, dans les revers,
Affermit notre courage.
Amis, &c.

Le pauvre eſt riche en buvant,
Le ſot a de l'éloquence,
L'avare, pour ſon argent,
N'a que de l'indifférence.
Amis, &c.

Les Amans dans ce bon jus,
Puiſent des forces nouvelles;
Il conſole les Cocus,
Il déſarme les cruelles.
Amis, &c.

Envain du ſacré vallon,
On nous vante la fontaine;
Bacchus eſt mon Apollon,
La tonne eſt mon Hippocrène.
Amis, &c.

❁

En caractère de vin,
Dans le Temple de Mémoire,
Bacchus, mieux que ſur l'airain,
Sçaura graver mon hiſtoire.
Amis, &c.

❁

Ce jus étoit l'aiguillon
Et d'Horace & de Pindare:
Le galant Anacréon
En arroſoit ſa guitarre.
Amis, &c.

❁

Des Amans & des Amis,
Il forme & ſerre les chaînes,
Tous les cœurs ſont réunis,
Dès qu'il coule dans les veines.
Amis, &c.

❁

Loin de nous ces buveurs d'eau,
Dont le profane mêlange,

Deshonore le drapeau
Du fameux Vainqueur du Gange.
Amis, &c.

Profitons de ſes préſens,
Buvons, mes chers camarades,
Et dans nos goſiers brûlans,
Immolons lui des raſades.
Amis, &c.

Partagez tous mes tranſports,
Qu'aucun de vous ne ſuccombe;
Il faut de cent rouges bords,
Lui ſabler une Hécatombe.
Amis, &c.

CHANSON.

Sur l'Air: *Quitte ton Mitron, &c.*

BOn nombre d'Amis,
Mais vrais & conſtans, toujours unis;
Bois, jardins, & maiſon de campagne,
Du Champagne,
Du franc Beaunois,
Et l'élite des tonnes d'Arbois;

La paix, l'allégresse,
Des vers faciles & badins,
L'éternelle tendresse,
Doux propos & petits festins.
Sans intrigue, sans chimere,
Sans autre soin que de plaire,
Des cœurs à discrétion,
Je borne-là mon ambition,
Voyez quelle est ma modération!

LE BUVEUR DÉSESPÉRÉ.

Vers à mettre en chant.

MAlheureux que je suis! ô Ciel! qu'ai-je donc fait?
J'ai vendu mon pourpoint pour du bon vin clairet,
Et voila mon breuvage & ma cruche par terre!
Que tardes-tu, Jupin, de lancer ton tonnerre?
Sans pourpoint, en chemise, altéré, sans argent,
Gourmandé par ma femme, & suivi du Sergent;
Mourons de soif, mourons, pour finir ma torture;
Et toujours suis-je mort, si je bois de l'eau pure.

O vous, par qui j'éprouve un ſi triſte deſtin,
Scélérats de Potiers, Artiſans imbécilles,
Lorſque vous inventiez des vaſes ſi fragiles,
A quoi penſiez-vous donc, ſi vous aimiez le vin?

VERS

A MADEMOISELLE ***.

Qui ſe retiroit en Angleterre.

VOus partez, jeune Hélène, & loin de ces rivages,
Où vos yeux de l'envie allumoient les tranſpors,
La Tamiſe, le Parc, Windſor & ſes boccages
Vont s'enrichir de nos tréſors.
Que vous allez briller en ce ſéjour aimable!
Quels triomphes nouveaux pour vos charmes vainqueurs!
L'amour vous y prépare un Empire durable,
Et le tribut de tous les cœurs.
Pourquoi tant regretter une rive chérie?
Toute la terre eſt la Patrie,
Et l'empire de la beauté.
Vous trompez la fureur du Deſtin irrité;
Il vous ſuſcite des tempêtes,

Pour vous conduire au port de la felicité :
En vous privant d'une ingrate Cité,
Il porte plus loin vos conquêtes;
Il ſoumet à vos loix un aſyle enchanté,
Où vos jours plus brillans ne ſeront que des Fêtes.
Son aveugle couroux nous a moins épargnés :
De ce revers fatal ſeuls nous portons la peine :
Vous nous quittez ; nous vous perdons, Hélène,
Nous ſommes en exil, tandis que vous regnez.

www.ingramcontent.com/pod-product-compliance
Ingram Content Group UK Ltd.
Pitfield, Milton Keynes, MK11 3LW, UK
UKHW021158230726
13926UKWH00001B/166